10 FEV. 1913

VENTE
Des 10 et 11 Février 1913
HOTEL DROUOT, SALLE N° 1
A DEUX HEURES

# OBJETS D'ART & D'AMEUBLEMENT

PORCELAINE, CÉRAMIQUE

***MARBRES — BRONZES — BOIS SCULPTÉS***

*Glaces, Pendules, Groupes, Appareils d'éclairage et de foyer*

TABLEAUX, OBJETS VARIÉS

NOMBREUX MEUBLES ET SIÈGES

**Appartenant à Monsieur X...**



COMMISSAIRE-PRISEUR
**Me F. LAIR-DUBREUIL**
EXPERT
**M. GEORGES GUILLAUME**

IMPRIMERIE DE L'ART

CATALOGUE

DES

# OBJETS D'ART & D'AMEUBLEMENT

ANCIENS ET MODERNES

PORCELAINE, CÉRAMIQUE, VERRERIE

**Marbre, Bronze, Cuivre, Fer, Métal**

*PENDULES, GROUPES, APPAREILS D'ÉCLAIRAGE ET DE FOYER*

**BOIS SCULPTÉ — BOIS DE PLACAGE — COFFRETS — GLACES — CADRES**

TABLEAUX, OBJETS DIVERS

## NOMBREUX MEUBLES

**ARMOIRES, SECRÉTAIRES, COMMODES, LITS, TABLES**

SIÈGES VARIÉS, ETC.

TAPISSERIES, ÉTOFFES, TENTURES

**Appartenant à Monsieur X...**

*Et dont la Vente aux Enchères publiques aura lieu*

HOTEL DROUOT, SALLE N° 1

**LES LUNDI 10 ET MARDI 11 FÉVRIER 1913**

A DEUX HEURES

COMMISSAIRE-PRISEUR

**Me F. LAIR-DUBREUIL**

6, rue Favart

EXPERT

**M. Georges GUILLAUME**

13, rue d'Aumale

EXPOSITION PUBLIQUE

**Le Dimanche 9 Février 1913, de 2 heures à 6 heures**

# CONDITIONS DE LA VENTE

Elle sera faite au comptant.

Les adjudicataires paieront *dix pour cent* en sus des enchères.

L'exposition mettant le public à même de se rendre compte de l'état et de la nature des objets, aucune réclamation ne sera admise une fois l'adjudication prononcée.

Paris. — Imp. de l'Art, Ch. Berger, 41, rue de la Victoire

# DÉSIGNATION

## TABLEAUX

PRUD'HON (École de)

1 — *Jeune Femme en costume Empire assise et tenant un livre.*

Toile.

RIBERA (École de)

2 — *Un Ange couronne un jeune moine en prières.*

Panneau.

Cadre en bois sculpté et partiellement doré.

RIGAUD (Manière de)

3 — *Jeune Seigneur drapé de rouge et coiffé d'une perruque.*

Toile-Médaillon.

Cadre en bois sculpté.

TENIERS (École de)

4 — *Fumeur.*

Panneau.

ÉCOLE ANGLAISE (Fin du XVIIIe siècle)

5 — *Portrait de Femme en robe à rayures et coiffée d'un vaste chapeau.*

Toile.

Cadre en bois sculpté et doré.

ÉCOLE FRANÇAISE (XVIIe siècle)

6 — *Allégorie aux guerres de Louis XIV.*

Grande toile.

ÉCOLE FRANÇAISE (XVIIe siècle)

7 — *Portrait d'Homme vêtu d'une riche tunique rouge brodée d'or, la main posant sur un livre armorié.*

Toile.

ÉCOLE FRANÇAISE (XVIIIe siècle)

8 — *Portrait de Femme en robe grise décolletée et brodée d'or ; elle porte au cou un collier de perles et un diadème dans les cheveux.*

Toile.

ÉCOLE FRANÇAISE (XVIIIe siècle)

9 — *Femmes et Amours.*

Deux toiles se faisant pendants.

ÉCOLE FRANÇAISE

10 — *Portrait de Femme à haute coiffure, tenant un chien.*

Toile.

ÉCOLE FRANÇAISE

11 — *Nature morte.*

Toile.

ÉCOLE FLAMANDE

12 — *Scène de bataille.*

— *Scène de chasse au faucon.*

Deux toiles se faisant pendants.

ÉCOLE ITALIENNE

13 — *La Vierge en prières.*

Toile marouflée.

# PORCELAINE, CÉRAMIQUE
## CRISTAL

14 — Vase en ancienne porcelaine de Chine, à décors en dorures de paysages accidentés, réservés sur fond de quadrillages et de fleurs.

15 — Vase-balustre en ancienne porcelaine de Chine, à patine noire.

16 — Grand pot en terre vernissée de la Chine.

17 — Bas-relief, de forme ovale, en faïence, présentant le buste de Louis XVI.

18 — Buste en terre cuite, représentant Diane, d'après Falguière, la figure tournée vers l'épaule droite.

19-20 — Lot de pièces en cristal taillé et coulé: coupes, carafes, verres d'eau, etc. (Sera divisé )

# MARBRE, BRONZE, CUIVRE

## FER, MÉTAL

### PENDULES, GROUPES

### APPAREILS D'ÉCLAIRAGE ET DE FOYER

21 — Pendule-borne en marbre vert de mer, ornée de bronzes, tels que mufles de lions, rosaces, palmes et rangs de feuilles; elle est surmontée d'une figure de Napoléon debout en bronze patiné.

22 — Pendule en marbres noir et blanc, ornée de bronzes, flanquée de pilastres cannelés à vases et surmontée d'une coupe de flammes.

23 — Pendule-borne, de forme cylindrique, à cannelures, en marbre vert, ceinturée d'une couronne en bronze.

24 — Grande horloge et son socle d'applique en marqueterie d'écaille et de nacre sur cuivre, ornée de bronzes à mascarons, volutes et coquilles, et surmontée d'une figure de Renommée. Style Louis XIV.

25 — Pendule en bronze ciselé et doré, présentant une borne près de laquelle se tient une femme jouant de la cithare. Époque Empire.

26 — Pendule en bronze ciselé et doré, formée d'une borne, sur socle à palmes, avec sujet de chasseur cheminant près d'un chien. Époque Empire.

27 — Pendule en bronze ciselé et doré, présentant une borne sur laquelle s'appuie un amour portant un médaillon; de l'autre côté, une figure d'enfant au coq; socle en marbre blanc. Style Louis XVI.

28 — Petite pendule rectangulaire en cuivre, à décor de têtes de chérubins.

29 — Deux bustes, grandeur nature, en marbre blanc, représentant Diane et Apollon, d'après l'antique. Travail italien.

30 — Buste de femme en marbre à patine jaune.

31 — Deux groupes en bronze, représentant Hercule combattant le lion de Némée ; socles en marbre jaune veiné.

32 — Statuette en bronze argenté, représentant la chaste Suzanne, assise sur un coussin couvert de draperies.

33 — Figurine d'Amour en bronze, assis sur un socle en marbre noir.

34 — Deux bas-reliefs en bronze, présentant des sujets mythologiques.

35 — Paire de grands vases en marbre brèche, ornés de bronzes, tels que mufles et griffes de lions, rangs de perles, couronnes et gaines de fleurs. Style Louis XVI.

36 — Deux bases de colonnettes en marbre blanc, formées de statuettes de lions couchés. Travail italien.

37 — Deux grands porte-cierges en dinanderie à tige-balustre, reposant sur des bases circulaires supportées par trois lions couchés.

38 — Deux porte-cierges en dinanderie, à tige moulurée posant sur trois pieds en forme de griffes.

39 — Deux porte-cierges en dinanderie, à tige-balustre, posés sur trois pieds formés par des figurines de lions.

40 — Porte-cierge en cuivre repoussé, à pied gainé de feuillages.

41 — Autre plus grand, posant sur trépied, orné de médaillons enrubannés.

42 — Paire de très petits porte-cierges en cuivre, à tige-balustre posée sur une base triangulaire.

43 — Deux girandoles à trois lumières en cuivre, disposées sur des bases circulaires moulurées.

44 — Paire de girandoles en cuivre, à branches-rinceaux, ornées de pendeloques et guirlandes de cristaux; préparées pour l'électricité.

45 — Deux candélabres à quatre lumières en cuivre rouge. Ils sont disposés sur une tige-balustre posée sur une base circulaire.

46 — Paire de candélabres en bronze, présentant des figurines de femmes portant des cornes d'abondance; socles en marbre blanc.

47 — Paire de candélabres en bronze à feuillages, posant sur trépieds-volutes et munis de quatre lumières. Époque Restauration.

48 — Paire de flambeaux en marbre blanc, bleu turquin, et cuivre.

49 — Paire de flambeaux en bronze ciselé et doré, présentant des enfants, porteurs d'un faisceau de quatre lumières; bases cylindriques en marbre blanc. Style Louis XVI.

50 — Deux flambeaux en cuivre, à tige moulurée sur base circulaire.

51 — Deux flambeaux en cuivre rouge, à tige moulurée disposée sur une base carrée.

52 — Deux flambeaux en cuivre à tige-balustre, à pans, sur base carrée ornementée.

53 — Deux flambeaux en cuivre, à tige-balustre sur base triangulaire.

54 — Deux flambeaux en cuivre, à tige moulurée sur base carrée.

55 — Deux flambeaux à tige-balustre en étain.

56 — Bout de table à deux lumières en métal blanc.

57 — Deux appliques à trois lumières en cuivre. Style gothique.

58 — Paire de flambeaux en ancien étain, à renflement et pieds circulaires.

59 — Paire d'appliques à deux lumières en bronze ciselé et doré ; modèle à vases.

60 — Paire d'appliques à trois lumières en cuivre, ornées de pendeloques et foncées de glaces.

61 — Deux lustres en bronze doré, ornés de plaquettes de cristal. Style Louis XIV.

62 — Lustre flamand en cuivre, à douze lumières disposées sur deux rangs.

63 — Lanterne orientale en fer, de forme hexagonale.

64 — Petite lampe en cuivre jaune, à quatre godets disposés sur une tige médiane.

65 — Petite lampe juive en cuivre à six lumières ; disposée pour le gaz.

66 — Veilleuse en cuivre ; elle est disposée sur un support en forme de potence.

67 — Paire de chenets en cuivre jaune ; ils sont ornés d'une boule disposée sur une base ajourée.

68 — Paire de petits chenets en fer forgé, surmontés de balustres.

69 — Paire de chenets en cuivre, forme boule, à bases ornées de bustes de femmes.

70 — Landier en fer forgé ; le haut de la tige est disposé en volutes.

71 — Grande fontaine en cuivre rouge repoussé, présentant des armoiries et des rinceaux. Elle est disposée sur un support en bois à piètement mouluré.

72 — Grande fontaine en cuivre rouge, décorée d'écussons armoriés et de rinceaux feuillagés repoussés.

73 — Fontaine d'applique et son bassin en cuivre rouge, à décor de guirlandes de feuilles repoussées.

74 — Plateau en cuivre repoussé, de forme ovale, présentant un sujet à personnages et bordure de rinceaux au marli.

75 — Plat ovale à bords contournés en cuivre jaune repoussé.

76 — Marmite en cuivre, munie de deux anses latérales et d'une anse mobile surélevée.

77 — Marmite en fonte, de forme ovale.

78 — Marmite en fonte, de forme ronde, à décor de personnages.

79 — Samovar en cuivre jaune.

80 — Bassin en cuivre repoussé, de forme circulaire, orné d'un sujet présentant Adam et Ève.

81 — Seau en dinanderie, de forme circulaire, disposé sur trois pieds.

82 — Seau à eau bénite en cuivre, à poignée mobile.

83 — Seau à eau bénite, analogue.

84 — Bénitier, en forme de seau, à anses mobiles, et bénitier de chevet à cinq pans. Cuivre.

85 — Récipient, de forme circulaire, en métal de cloche. Il est orné d'une frise de rinceaux.

86 — Gargoulette en cuivre jaune, en forme de balustre.

87 — Cruche en cuivre jaune unie.

88 — Puisette en dinanderie, à deux goulots et à anse mobile surélevée.

89 — Deux bassinoires en cuivre.

90 — Trois crémaillères en cuivre et un fléau de balance.

91 — Petit berceau de poupée en fer.

92 — Support de missel en fer forgé, avec inscription au devant.

93 — Pipe orientale en argent ciselé.

94-95 — Lot de pincettes, pelles, balais et divers ustensiles de foyer. Cuivre et bronze.

# BOIS SCULPTÉ

## BOIS DE PLACAGE

### COFFRETS, GLACES, CADRES, ETC.

96-97 — Quatre statuettes en bois sculpté, peint en blanc et rehaussé d'or : Personnages religieux.

98 — Buste de femme drapée en bois sculpté, à patine brune ; socle doré à rocailles.

99 — Deux panneaux de voussure en bois peint, présentant chacun un buste d'homme, de profil à droite. Travail italien.

100 — Bénitier en bois sculpté, décoré d'une tête de chérubin et de guirlandes de fleurs. Il présente également trois fleurs de lis dorées, disposées sur un fond quadrillé.

101 — Bénitier en bois sculpté et doré, à décor de chérubins.

102 — Socle d'applique et d'encoignure en bois sculpté et doré à palmes de feuillages.

103 — Paire de vases simulés, de forme balustre, à godrons, en bois mouluré, imitant le marbre.

104 — Petit modèle de vitrine en hauteur, foncée de glace, en acajou, ornée de pommes de pin en cuivre.

105 — Coffret en marqueterie de bois, couvert de brocatelle cerise à fleurs et muni d'un tiroir latéral. Travail hollandais, commencement du XIXe siècle.

106 — Coffret en bois laqué, à pagodes et personnages chinois sur fond vert.

107 — Coffret en marqueterie de paille, orné d'un paysan labourant devant un château fort.

108 — Glace, de forme rectangulaire, avec cadre en ébène et écaille. Travail italien.

109 — Glace en bois sculpté, de forme rectangulaire, à fronton découpé orné d'une armoirie sculptée et polychromée.

Haut., 1 m. 30 cent. ; larg., 1 mètre.

110 — Deux glaces ovales en bois de placage marqueté de fleurettes. Ancien travail hollandais.

111 — Deux autres, de même forme, en acajou partiellement doré. Commencement du XIXe siécle.

112 — Glace à cadre de noyer mouluré, surmontée d'un écusson parmi des feuilles et des rocailles.

113 — Glace rectangulaire, à cadre sculpté et doré, surmontée de deux brûle-parfums.

114 — Glace, à cadre sculpté et doré, présentant au fronton un vase fleuri flanqué de rinceaux.

115 — Glace, à cadre doré et mouluré, surmontée d'un fronton à coquilles et rocailles.

116 — Glace, à cadre doré, surmontée d'un motif à colombes, torche et carquois.

117 — Glace en bois sculpté et partiellement doré, à cadre-torsade et fronton orné d'oiseaux et de feuillages.

118 — Grand trumeau de glace en bois laqué gris et partiellement doré, à rangs de feuilles, torsades et rosaces, surmonté d'une peinture-médaillon dans le goût du XVIIIe siècle, entourée de palmes, chutes et nœuds de rubans.

119 — Grand cadre rectangulaire en bois doré et sculpté à feuillages et torsades.

120 — Autre plus petit en bois doré et ajouré, sculpté de feuillages et coquilles ; le fronton présentant deux Amours.

121 — Cadre rond en bois sculpté et partiellement doré.

## MEUBLES ET SIÈGES

### TAPISSERIES, ÉTOFFES, TENTURES

122 — Deux commodes en bois de rose et de violette, ornées de marqueterie, telle que filets, rosaces, rinceaux, cannelures et médaillons à attributs musicaux; elles sont munies de deux tiroirs à poignées et serrures en cuivre et couvertes de marbres blancs. Époque Louis XVI.

123 — Commode en palissandre, de forme ventrue, munie de cinq tiroirs, à poignées de cuivre et couverte d'une tablette à moulures contournées.

124 — Petite commode, à trois rangs de tiroirs, en bois de placage, marquetée de filets et ornée de bronzes; dessus en marbre noir. XVIIIe siècle.

125 — Petite commode étroite en bois de placage, ornée de bronzes et de filets en cuivre, munie de trois tiroirs et couverte d'un marbre gris. En partie du XVIIIe siècle.

126 — Commode, de forme mouvementée, en marqueterie de bois de couleur, posant sur quatre pieds cambrés, ornée de serrures et poignées en bronze: elle est couverte d'une glace. Style Louis XVI.

127 — Commode en acajou, de forme mouvementée, posant sur quatre pieds cambrés et ornée de bronzes, tels que chutes, entrées de serrures, poignées et cul-de-lampe ; elle est couverte d'un marbre cervelas. Style Louis XV.

128 — Petite commode en bois de rose fileté, posant sur quatre pieds cambrés, avec sabots en bronze ; entrées de serrures et poignées de cuivre; elle est couverte d'un marbre rouge veiné. Style Louis XVI.

128 *bis* — Autre, du même genre, couverte d'un marbre cervelas.

129 — Commode en bois de rose, de forme ventrue, marquetée de bois de couleur ; elle pose sur cinq pieds et est couverte d'un marbre blanc à galerie de bois. Style Louis XVI.

130 — Commode en bois de rose, de forme ventrue, posant sur quatre pieds cambrés, ornée de bronzes, tels que coquilles, chutes, entrées de serrures et poignées ; elle est couverte d'un marbre rouge veiné. Style Louis XV.

131 — Bureau à cylindre en bois fruitier, fileté d'ébène, muni de tiroirs à poignées et serrures en cuivre. Époque Directoire.

132 — Petit bureau à cylindre, muni d'un volet coulissé, en bois laqué blanc. XVIIIe siècle.

133 — Bureau à dos d'âne en palissandre, orné de bronzes, muni d'un abattant et de nombreux tiroirs Époque Louis XV.

134 — Bureau à combinaison en acajou, marqueté de filets et torsades, et flanqué de colonnes en marbre blanc ; il comprend deux corps présentant dans le haut un paysage et des tiroirs à la partie inférieure. Travail anglais.

135 — Secrétaire en acajou frisé, orné de bronzes et couvert d'un marbre bleu turquin.

136 — Secrétaire en acajou fileté de cuivre et de bois noir, et couvert d'un marbre blanc à galerie. Époque Louis XVI.

137 — Secrétaire à pans coupés en bois de placage, marqueté à torsades et filets, et orné de serrures en bronze ; il est muni d'un tiroir, d'un abattant et de deux portes, et couvert d'un marbre Sainte-Anne. Époque Louis XVI.

138 — Secrétaire en bois de rose et bois de violette, à losanges de marqueterie et orné de bronzes ; il est muni d'un tiroir, d'un abattant et de deux portes ; dessus en marbre rouge veiné. En partie d'époque Louis XV.

139 — Chiffonnier en acajou, orné de bronzes, muni de sept tiroirs et couvert d'un marbre noir. Fin de l'époque Empire.

140 — Chiffonnier en acajou, muni de trois tiroirs et d'un volet coulissé ; poignées et entrées de serrures en bronze ; dessus en marbre blanc, à galerie, posant sur colonnettes cannelées. Style Louis XVI.

141 — Vitrine en bois sculpté; elle est décorée de colonnes torses ornées de pampres ; elle ferme à deux portes et le dessus est disposé en vitrine plate.

142 — Vitrine haute en bois verni, à cannelures et filetée de cuivre, ouvrant à deux portes et couverte d'un marbre blanc. Époque Louis XVI.

143 — Vitrine plate en acajou, munie d'un abattant et de trois tiroirs à poignées de bronze, et posant sur pieds-griffes.

144 — Cabinet italien en marqueterie de bois. Il est muni de dix tiroirs et la partie centrale ouvre à un vantail, laissant apercevoir d'autres tiroirs également marquetés. Ce cabinet repose sur une table rectangulaire en bois noir, à pieds tors et ceinture ajourée. Ancien travail italien.

145 — Armoire en noyer sculpté, fermant à deux portes, ornée de rocailles et fleurs ; fronton mouluré.

146 — Armoire en bois fruitier, fermant à deux portes garnies de ferrures ; le fronton gravé d'un vase fleuri avec palmes.

147 — Armoire en chêne sculpté, fermant à deux portes garnies de rosaces et feuillages ; fronton débordant à vases fleuris.

148 — Grand bahut en noyer ciré. Il ferme à quatre portes décorées de panneaux sculptés à pointes de diamant. A la ceinture, sont deux tiroirs à encadrements moulurés.

149 — Bahut en noyer ciré. Il ferme à quatre portes décorées de panneaux sculptés à pointes de diamant et encadrement guilloché. A la ceinture, sont deux tiroirs munis de poignées en fer forgé.

150 — Bahut en chêne. Il ferme à quatre portes séparées par deux tiroirs. Tous les panneaux sont décorés de motifs géométriques sculptés.

151 — Petit meuble-bahut, à quatre portes séparées par une rangée de trois tiroirs, en chêne sculpté à coquilles, entrelacs, rinceaux et chutes. En partie d'époque Régence.

152 — Meuble à deux corps en chêne. La partie inférieure est faite d'un coffre transformé décoré de panneaux sculptés à sujets divers. Le corps supérieur ferme à deux vantaux décorés de panneaux à personnages. Fronton sculpté et ajouré, orné d'une figurine disposée dans une niche.

153 — Meuble à deux corps. Il ferme à deux portes superposées et séparées par un tiroir. Décoration de motifs géométriques sculptés. Entrées de serrures et poignées en fer. XVIIe siècle.

154 — Meuble en chêne sculpté. Il ferme à deux portes superposées et est séparé par un tiroir à poignées formées d'un mufle de lion. Un tiroir est également disposé dans le soubassement.

155 — Petit meuble en chêne sculpté. Il ferme à un vantail orné de panneaux à décor géométrique. Il pose sur une console formée de deux colonnes torses.

156 — Meuble à hauteur d'appui. Il ferme à deux vantaux ornés de panneaux de style gothique à parchemins repliés. Il est muni de deux tiroirs, avec tirette en fer forgé.

157 — Paire d'encoignures à pans coupés, flanquées de cannelures et ouvrant par une porte présentant un décor de gerbes et d'oiseau en marqueterie de bois; elles sont couvertes de marbres roses veinés.

158 — Encoignure, munie de deux portes, en vernis Martin, à décors de vases fleuris, guirlandes, rinceaux et volutes sur fond or.

159 — Encoignure, à hauteur d'appui, en bois de placage, marquetée de bois de couleurs. Époque Louis XVI.

160 — Encoignure d'applique, formant petit buffet, en bois peint gris, et décorée de fleurs.

161 — Dressoir en chêne sculpté. Il ferme à deux portes ornées de mascarons à tête de lion disposés dans des encadrements sculptés. Les montants sont formés de colonnettes engagées. La console est disposée sur deux balustres aplatis posés sur un entablement mouluré.

162 — Paire de petites consoles demi-lune en bois peint noir et partiellement doré, à filets et mascarons, couvertes de marbres jaunes et posant sur pieds à entrejambes triangulaires. Époque du Consulat.

163 — Console en acajou, posant sur pieds-volutes et couverte d'un marbre Sainte-Anne. Époque Restauration.

164 — Autre du même genre, à pied-griffes et couverte d'un marbre noir.

165 — Petite console demi-lune en bois laqué gris, couverte d'un marbre blanc et posant sur quatre pieds-gaines à entrejambes.

166 — Console en bois laqué gris, posant sur pieds cannelés et couverte d'un marbre rouge veiné, munie d'un tiroir.

167 — Console en acajou, à filets et poignées de cuivre, posant sur quatre pieds cannelés et munie d'une tablette d'entrejambes; elle s'ouvre par un tiroir et est couverte d'un marbre blanc. Époque Louis XVI.

168 — Console en acajou, à tablette contournée et posant sur quatre pieds à boules.

169 — Console Empire en acajou, ornée de bronzes, posant sur colonnes cylindriques et couverte d'un marbre bleu turquin.

170 — Console-desserte en chêne sculpté, à tablettes d'entrejambes, posant sur pieds-torsades et munie de deux tiroirs.

171 — Table, de forme rectangulaire, de style Renaissance, sur piètement à colonnettes.

172 — Grande table rectangulaire, disposée sur un piètement formé de quatre balustres réunis par des traverses moulurées et supportant une large ceinture sculptée de rinceaux et munie de deux tiroirs.

173 — Table de bouillotte en marqueterie de bois de rose et d'amarante, couverte d'un marbre blanc à galerie de cuivre.

174 — Table de bouillotte en acajou, posant sur quatre pieds cannelés.

175 — Guéridon, de forme ronde, simulant un trépied antique, à piètement formé de têtes et de pattes de lions.

176 — Guéridon circulaire en acajou, posant sur trépied à griffes et couvert d'un marbre gris veiné. Époque Restauration.

177 — Petite table, de forme ovale. Piètement à colonnettes torses reliées par une entretoise. Elle est munie d'un tiroir.

178 — Table rectangulaire en bois de rose, couverte d'un cuir et munie d'un tiroir. Style Louis XVI.

179 — Table rectangulaire en bois de placage à filets, munie de deux tiroirs, d'une tirette et posant sur pieds carrés à sabots. En partie du XVIIIe siècle.

180 — Petite table en bois fruitier, ornée de cuivre, munie de trois tiroirs et couverte d'un marbre blanc sous tablette mobile garnie de cuir. Époque Louis XVI.

181 — Petite table à étagères en bois laqué gris, munie d'un tiroir.

182 — Petite table-tricoteuse en acajou, de forme ovale, munie d'un tiroir, ainsi que d'une tablette et d'une traverse d'entrejambes.

183 — Table-tricoteuse en palissandre frisé, munie d'un sac en soierie et d'une tablette d'entre-jambes.

184 — Table à ouvrage ovale en bois laqué blanc, munie d'un abattant et d'un sac en soierie assortie au napperon qui la couvre.

185 — Table-poudreuse en acajou, munie d'un abattant foncé de glace et couverte d'un marbre blanc ; elle pose sur pieds cylindriques et ouvre à la ceinture par trois tiroirs. En partie d'époque Louis XVI.

186 — Table-coiffeuse en palissandre, plaquée de bois de rose, bois de violette et citronnier à torsades et présentant au centre les attributs de la Musique : l'un de ses casiers gainé d'étoffe renferme d'anciens flacons. En partie du XVIIIe siècle.

187 — Coiffeuse d'homme en acajou mouluré et fileté de cuivre, posant sur trépied et munie d'une glace-médaillon.

188 — Petite table de chevet, à étagères, munie d'un tiroir, en bois laqué gris.

189 — Table de nuit Empire en acajou, ornée de bronzes, munie d'une porte, d'un abattant, et posant sur pieds-griffes ; dessus en marbre.

190 — Petite table de nuit en bois laqué gris, à volet coulissé et couverte d'un marbre.

191 — Table de nuit en bois de placage, à filets clairs, couverte d'un marbre gris et munie de deux portes, ainsi que d'un tiroir. Art anglais.

192 — Table de nuit en bois de placage, munie d'un volet coulissé, d'un casier et d'un tiroir à tablette mobile ; elle pose sur pieds cambrés à sabots de bronze.

193 — Table de nuit en acajou, à filets de cuivre, simulant un chiffonnier à cinq tiroirs et couverte d'un marbre blanc à galerie.

194 — Grand lit de milieu en bois peint gris, sculpté de feuillages, moulures, encadrements, entrelacs et rinceaux. En partie d'époque Louis XV.

195 — Lit Louis XVI en bois naturel sculpté, à panneaux flanqués de colonnes cannelées avec rosaces et pommes de pin.

196 — Deux lits Louis XVI en bois laqué blanc, à panneaux moulurés, ornés de rosaces et de panaches et flanqués de colonnes.

197 — Autre lit, du même genre, à panneaux, décoré de feuillages, rais-de-cœur, et panaches.

198 — Lit en bois laqué blanc, à panneaux moulurés, ornés de rosaces et de boules. Époque Directoire.

199 — Lit en acajou, à panneaux flanqués de colonnes et enroulés à la partie supérieure.

200 — Lit Directoire en bois laqué blanc, à panneaux moulurés.

201 — Lit de repos Louis XVI en bois laqué blanc, flanqué de colonnes surmontées de pommes de pin et entouré d'une ceinture à cannelures.

202 — Berceau en bois naturel sculpté, muni de barreaux et orné de figurines de lions. Travail breton.

203 — Grand coffre, de forme rectangulaire, à couvercle bombé. Il est entièrement recouvert d'une tapisserie au point présentant des feuillages et muni d'une garniture en fer ciselé et repoussé. Il repose sur un piètement en chêne sculpté.

204 — Grand coffre à bois en chêne sculpté, orné de rinceaux fleuris au devant et flanqué de cariatides de femmes; il est surélevé et forme crédence en posant sur pilastres à torsades. En partie du XVIe siècle.

205 — Coffre rectangulaire. Il est décoré sur la face d'un panneau présentant un écusson armorié disposé entre deux frises de rinceaux. Les montants sont ornés de cariatides.

206 — Coffre, de forme rectangulaire. Il présente sur la face un panneau sculpté de rinceaux. Les montants sont ornés de cariatides. Travail italien.

207 — Paravent à quatre feuilles en vernis Martin et peintures, présentant des sujets divers en réserve sur fond doré à arabesques.

208 — Écran en acajou, garni d'une feuille en moire crème, à fleur et rameaux de feuillages. Époque Restauration.

209 — Jardinière, forme gaine, en acajou, ornée de motifs dorés à guirlandes et chutes.

210 — Ancien crachoir en acajou, à abattants et poignées de cuivre.

211 — Casier à musique en bois de rose ajouré et orné de bronzes, posant sur roulettes.

212 — Traîneau en bois naturel sculpté, partiellement décoré au vernis, et présentant des décors de feuillages; il est garni d'ancien brocart d'argent. Style Régence.

213 — Brasero espagnol, de forme octogonale, en bois décoré d'appliques en cuivre découpé et ajouré. Le bassin en cuivre, de forme circulaire, est muni de deux poignées mobiles. Fin du XVIe siècle.

214 — Très grand brasero en cuivre rouge repoussé et ajouré, décor de rinceaux, vases fleuris et animaux. Il est posé sur un trépied en fer forgé.

215 — Porte-fleurs, de forme circulaire, en chêne sculpté, à décor de lambrequins.

216 — Mobilier de salon en noyer ciré, à dossiers et bras arrondis, recouvert de soierie à rayures sur fond crème et comprenant un grand canapé, quatre fauteuils et six chaises. Époque Restauration.

217 — Mobilier de salon en bois sculpté et doré, à dossiers-médaillons ornés de nœuds de rubans et couvert de soie à rayures ; il comprend un petit canapé et quatre fauteuils. Style Louis XVI.

218 — Canapé en noyer sculpté, foncé de canne et reposant sur six pieds à croisillon. Style Louis XV. (Il est couvert d'un coussin mobile en damas rouge.)

219 — Petit canapé Louis XV, foncé de canne, en bois laqué gris, à double évolution sur le devant du siège ; bras et dossier à moulures. (Coussin mobile en toile imprimée.)

220 — Grande chaise-longue, en trois parties, en bois sculpté et doré, présentant une bergère à oreilles, une petite bergère et un pouf d'entre-deux.

221 — Petite chaise-longue d'enfant en bois laqué, à double dossier et fond de canne; elle est couverte d'un coussin mobile en brocatelle à colombes.

222 — Chaire en bois sculpté polychromé. Le siège est décoré de panneaux à serviettes repliées et le dossier est orné d'un écusson armorié et de fleurs de lys d'or sur fond d'azur. Les montants sont décorés de motifs Renaissance.

223 — Grande bergère en bois naturel sculpté à entrelacs de feuillages, munie d'oreilles et posant sur pieds cambrés; elle est couverte d'imberline à rayures jaunes sur fond bleu. Style Régence.

224 — Bergère en bois naturel sculpté, à entrelacs de rubans et rais-de-cœur, couverte de velours frappé à fleurettes sur fond bleu (coussin mobile). Style Louis XVI.

225 — Bergère confortable en bois laqué gris à torsades et palmes de feuilles, entièrement cannée et munies d'accoudoirs en blanc.

226 — Bergère Directoire en bois laqué blanc, à bras formés de colonnettes et ornés de rosaces; elle est couverte d'une imberline à rayures et munie d'un coussin mobile.

227 — Bergère et deux fauteuils en bois sculpté et doré, couverts de soie brochée à décors de bouquets sur fond jaune. Style Louis XV.

228 — Fauteuil en noyer sculpté, posant sur pieds à croisillons; dossier ajouré et partiellement recouvert de velours rouge brodé d'or.

229 — Fauteuil en noyer sculpté à coquilles, lambrequins et entrelacs, foncé de canne et muni de croisillons d'entrejambes.

230 — Fauteuil en noyer sculpté à coquilles et feuillages, foncé de canne et posant sur pieds cambrés à volutes. Style Régence.

231 — Fauteuil, du même genre, plus bas, dont les pieds sont réunis par un croisillon.

232 — Fauteuil en noyer sculpté à moulures et feuillages, couvert de toile imprimée décorée d'oiseaux sur fond rouge. Style Louis XV.

233 — Fauteuil de bureau en noyer sculpté à fleurs, présentant un siège mouvementé et des bras couverts de cuir fauve. Style Louis XV.

234 — Fauteuil de bureau tournant en noyer, posant sur quatre pieds à cannelures et couvert de velours frappé vieux rose. Commencement du XIXe siècle.

235 — Fauteuil en bois naturel sculpté, à bras-volutes, rosaces et cannelures, couvert de toile imprimée à dessin rouge sur fond blanc. Époque Directoire.

236 — Fauteuil de bureau en bois naturel sculpté, muni d'un dossier bas blasonné et de bras moulurés ; il est couvert de velours frappé vert. XVIIIe siècle.

237 — Fauteuil en bois laqué gris, foncé de canne ; ceinture, bras et pieds à cannelures, et couvert d'un coussin mobile en reps imprimé à fleurs.

238 — Autre fauteuil en bois laqué gris, à torsades et godrons, couvert de toile imprimée, à œillets et feuillages.

239 — Fauteuil en bois laqué gris et canné, à dossier cintré et pieds-griffes. Commencement de l'époque Empire.

240 — Fauteuil en bois laqué gris, foncé de canne, dossier à panaches ; il est couvert d'un coussin mobile en brocatelle bleue. Époque Louis XVI.

241 — Quatre fauteuils en bois laqué gris et partiellement doré, à dossiers renversés, foncés de canne et couverts de coussins mobiles en velours de Gênes à fleurettes. Époque Directoire.

242 — Fauteuil en bois laqué gris à feuillages, cannelures et pommes de pin, couvert de tapisserie au point, présentant des paniers fleuris encadrés de rubans.

243 — Fauteuil en bois laqué gris, à moulures et cannelures, couvert d'étoffe à rayures. Époque Louis XVI.

244 — Deux fauteuils en bois de placage marqueté à palmes, couverts de velours frappé jaune. Commencement du XIXe siècle.

245 — Trois fauteuils-crapauds en acajou, à pieds cintrés, couverts de brocatelles variées.

246 — Deux fauteuils, de style Louis XIII, en bois sculpté, à piètement tors; les accoudoirs sont ornés de lions sculptés. Ils sont garnis de tapisserie au point à décor de personnages au dossier et de fleurs et de feuilles au siège.

247 — Fauteuil, de style Louis XIII, à pieds tors; le siège et le dossier sont couverts de velours rouge ciselé.

248 — Fauteuil, de style Louis XV, en bois sculpté et canné; les accoudoirs sont garnis de manchettes en cuir.

249 — Fauteuil en bois sculpté, à pieds cambrés et dossier ajouré. Le siège est garni de cuir de Cordoue doré à fond vert.

250 — Fauteuil en bois sculpté, garni de tapisserie-verdure.

251 — Deux fauteuils en bois sculpté. Le piètement est orné de doubles traverses moulurées. Ils sont garnis de velours rouge ciselé.

252 — Fauteuil en bois sculpté, le dossier est orné d'un quadrillage et les montants tors sont surmontés de pinacles.

253 — Fauteuil en bois sculpté. Les accoudoirs sont décorés de deux mascarons; le siège et le dossier sont garnis de velours frappé rayé rouge et jaune.

254 — Deux fauteuils espagnols ; le siège et le dossier sont garnis de cuir clouté de cuivre. La traverse d'entrejambes est sculptée de mascarons et de fruits.

255 — Grand fauteuil espagnol en bois sculpté ; il est garni de velours vert ciselé.

256 — Fauteuil espagnol ; il est garni de tapisserie ancienne à fleurs de lis d'or sur fond d'azur.

257 — Deux fauteuils espagnols en bois sculpté ; le siège et le dossier garnis de velours rouge frappé.

258 — Douze chaises en noyer sculpté, à pieds godronnés, munies de croisillons et ornées de deux têtes aux dossiers ; elles sont couvertes de velours vert à galons d'or. Style Renaissance.

259 — Neuf chaises en noyer sculpté à rocailles et chutes, munies de croisillons d'entrejambes et d'un dossier à deux barreaux ; elles sont couvertes de brocart à décors rouges sur fond jaune. Style Louis XIV.

260 — Tabouret assorti.

261 — Six chaises en bois marqueté à rameaux, fleurs et torsades, couvertes en blanc. Travail hollandais du XVIIIe siècle.

262 — Trois chaises, à hauts dossiers à barreaux mouvementés, ornées de coquilles et de feuillages; elles posent sur pieds-biches cambrés : deux sont couvertes en tapisserie au point et la troisième de lampas. Style Louis XIII.

263 — Deux chaises-gondoles en acajou, à dossiers cintrés, couvertes de soierie verte à rayures. Époque Restauration.

264 — Deux autres, du même genre, plus basses et à dossiers arrondis.

265 — Chaise en chêne, foncée de canne, munie d'un dossier ajouré à feuillages et d'une traverse d'entrejambes.

266 — Deux chaises en chêne sculpté, à dossiers contournés, ornées d'une rosace supérieure et posant sur quatre pieds cambrés à entrejambes.

267 — Chaise en noyer sculpté à coquilles et chutes, posant sur pieds cambrés et munie d'un dossier à barreaux contournés. Style Régence.

268 — Deux chaises en noyer sculpté à coquilles et feuillages, foncées de canne et munies d'un entrejambe; l'une d'elles est couverte d'un coussin mobile en soierie.

269 — Chaise, à haut dossier en bois naturel sculpté, munie d'un dossier à barreaux et panier fleuri, et foncée de canne. En partie d'époque Louis XIII.

270 — Deux chaises en bois doré, à dossiers-lyres et coussins mobiles, l'une est couverte d'ancienne soie à rayures, l'autre est en blanc.

271 — Chaise en bois doré, à torsades et barreaux, couverte en blanc.

272 — Trois chaises, munies de dossiers ajourés à fleurs et foncés de canne, l'une est paillée, les deux autres cannées.

273 — Trois chaises rustiques en bois laqué gris et foncées de paille, couvertes de coussins mobiles.

274 — Chaise en noyer sculpté, à dossier-médaillon, munie d'un barreau-balustre et recouverte de velours frappé vert d'eau. Style Louis XIII.

275 — Chaise à dossier muni de colonnettes surmontées d'un fronton triangulaire découpé, présentant une armoirie ; le siège est garni de cuir de Cordoue.

276 — Chaise en bois sculpté, à pieds moulurés et à dossier ajouré.

277 — Chaise en bois sculpté, garnie de velours ciselé grenat.

278 — Chaise à haut dossier, à piètement sculpté de coquilles. Elle est garnie de velours vert ciselé.

279 — Siège à haut dossier ajouré, formé de trois frises de petites colonnettes moulurées.

280 — Siège, couvert en velours rouge.

281 — Prie-Dieu en chêne sculpté. Il ferme à une porte ornée de fleurs de lis et est décoré d'une peinture religieuse de forme ovale.

282 — Deux escabeaux en bois sculpté, à dossier découpé à entrelacs.

283 — Banquette en bois sculpté et doré à motifs rayonnants et feuillages; elle pose sur pieds-volutes à croisillon et est couverte d'ancienne tapisserie à volatile et fleurs.

284 — Banquette longue en bois sculpté et doré, posant sur pieds gainés de feuillages et réunis par une traverse fleurie; elle est couverte d'ancienne tapisserie d'Aubusson à fleurs et fruits.

285 — Tabouret à X en bois sculpté et doré à rosaces et feuillages, couvert d'ancienne tapisserie présentant un vase d'où s'échappent des fleurs et des fruits.

286 — Tabouret en bois doré à coquilles et rocailles, couvert de velours de Gênes vert.

287 — Tabouret long en bois naturel sculpté, couvert en blanc. Époque Louis XV.

288 — Tabouret, à siège carré ; il est garni de velours ciselé rayé jaune et rouge.

289 — Tabouret en bois laqué blanc, à pieds gainés de feuillages, couvert de satin jaune à rayures bleues.

290 — Tabouret en noyer sculpté, ceinturé de feuillages et de coquilles, et posant sur pieds cambrés ; il est couvert de velours vert frappé. Style Régence.

291 — Grand pouf carré, couvert de soie brochée à décors d'œillets et garni de franges.

292 — Panneau carré en tapisserie, représentant une Sainte Famille, dans un cadre noir mouluré. Aubusson, XVII^e siècle.

293 — Panneau en tapisserie d'Aubusson, présentant deux personnages au pied d'une fontaine, devant un chien savant, d'après BOUCHER. Cadre en bois doré.

294 — Panneau au petit point, présentant saint Vincent de Paul. Cadre doré à moulures.

295 — Panneau en broderie de soie, présentant l'Enfant Jésus, la Vierge et saint Jean. Cadre doré à moulures.

296 — Deux grands panneaux en broderie chinoise de couleur crème.

297 — Lambrequin en satin bleu, brodé d'or à décors de dragons. Travail chinois.

298 — Objets omis.

www.ingramcontent.com/pod-product-compliance
Ingram Content Group UK Ltd.
Pitfield, Milton Keynes, MK11 3LW, UK
UKHW021115290826
14628UKWH00014B/2423

9 782329 362656